講開有段古

老餅潮語 IV

蘇萬興 編著

中華書局

U0063310

續四再序

俗語，今有稱為「潮語」，即當時民間常用之語句。

廣州話俗語的出處非常不簡單，有些是過去中原文化的承傳，有些和古代的神話、人物有關係，亦有與當時的社會背景有關係，非常有趣。俗語反映了當時的社會現象，但亦往往隨着時代的轉變而消逝。所謂「老餅潮語」，就是當年父輩及五六十年代流行的俗語，相對於今天的流行的潮語而言。

《講開有段古——老餅潮語》I、II及III出版後，頗受歡迎，但意猶未盡，再應出版社要求，搜集了近百個廣東話俗語，公諸同好，亦藉以作為一個記錄，以免失傳。廣東話俗語很多，大多來自昔日省港澳地區。一些俗語的來源亦有不同說法。要強調的是，書中所述及的詞句，部分寫法及讀音並未有考證，只取其音或義而已，請有識者指正。在搜集和整理俗語的過程中，參閱了不少前輩的著作，亦得到不少好友襄助，在此謝過。

蘇萬興

目錄

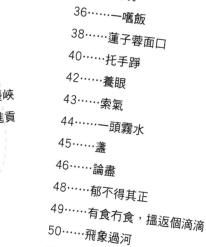

咩?

目錄

撇檔

pit3　　　dong3

— 走人。

> 剛剛開檔，又遇着差人，
> 唯有即刻撇檔。費事破財。

「撇檔」，應為屏當，古籍中又稱為「摒當」、「拼當」，由於「屏」字有退讓、隱匿、停頓之意，亦可解為收拾、整理。

《晉書·阮孚傳》：「有詣約，見正料財物，客至，屏當不盡，餘兩小簏，以著背後，傾身障之，意未能平。」清鄭燮《范縣署中寄舍弟第三書》亦言：「雖無帝主師相之權，而進退百王，屏當千古，是亦足以豪而樂矣。」「屏當不盡」，即來不及收拾的意思。但「屏當」一詞，通過口頭傳入廣府方言後，經演變後記音寫成「撇檔」，到最後又簡化為「撇」，即走人之意。

食屎食着豆

sik6　　si2　　sik6　　zoek6　　dau6

—— 好彩、因禍得福。

> 陳仔入馬場，講錯號碼落錯注，點知買錯咗嗰隻竟然跑出，真係食屎食着豆。

日治時期，香港糧食短缺。起初日軍強迫市民兌換軍票，以當時四元港幣換一元軍票，一斤大米本來值兩毫軍票，後來升至一百軍票，甚至是三百元軍票；而每人每日獲配的大米從「六兩四錢」降至「三兩二錢」，分量大約是半碗飯左右。

因此有些人只能靠野菜、木薯維生。後來有人發現，日軍的軍馬是食豆類植物，有時這些豆類未曾完全消化，就會被排泄出來，有人就在軍馬的馬屎中找尋這些未曾消化的豆來充飢，就出現了這句充滿辛酸的俗語。

飽死荷蘭豆

baau2　　sei2　　ho4　　laan1　　dau6

—— 自以爲是，不知羞。

❝ 陳仔今日着住套西裝斯文又 **❞**
大方，以為好醒，點知畀人發現套西裝
係問黃仔借，真係飽死荷蘭豆。

由於在日軍軍馬的馬屎中找未被消化的豆來充飢，畢竟是一件辛酸的事，而且亦不可能吃得飽，就出現了這一句俗語，以此表示狂妄自大的人，有負面意思。

另一個說法是指荷蘭豆的豆莢內裹着的豆子如果太過成熟，就會因為豆子過大而迫爆出莢，亦有自大之意。

接下句為：「餓死韭菜頭」。意思取自韭菜粗生的特性，屢摘依然再生。不過如果照料不當，如此粗生的農作物也會出現營養不良的情況，以此表示事情需要悉心灌溉。

托杉唔識

tok3　　caam3　　m4　　sik1

轉膊

zyun3　　bok3

—— 做事死板，不識變通。

❝ 明知前面火燭，唔界車行，
都唔兜路走，真係托杉都唔識轉膊。 ❞

物品太重，不能用手提，就會將其提至肩膀托起，肩膀稱為膊頭，此舉稱為上膊。貨物壓在膊頭上，時間一長會覺得很累，於是就會將貨物轉放至另一側膊頭，即是「轉膊」。轉膊要有技巧，如果不懂得轉膊的技巧，往往要將貨物放回地上，再托上膊頭，浪費氣力。「唔識轉膊」，就是指人不識變通，做事死板。而「托杉唔識轉膊」，就更為形象。另外若說人做事「卸膊」，即是不肯承擔。

我剩係識得跌膊

搭錯線

daap3　　co3　　sin3

── 問非所答，言不及義。

❝ 陳仔近來成日都心不在焉，你 ❞
同佢講東佢就答咗西，周不時搭錯線。

最初出現電話時，使用者少，亦不是自動化，電話機亦不是如今的樣子。話筒與聽筒是分開，不使用電話時，聽筒擱在話筒的掛勾上。要打電話給人，先要拿起聽筒，用手將話筒的勾輕力打數次，電話機樓的接線生看到錶板上的燈亮起，就會問你想接通的電話號碼，把來線插入對方的正確出線插座，接通兩條電話線，便可通話。通話完畢後，錶板上的燈會熄滅，接線生就會將線拔出收回，稱為收線。但有時接線生插錯插座，駁錯線，於是電話兩頭的人就說「搭錯線」，由此表示互不相關，問非所答的意思。

勿丸畜牲實小辣

搭錯線

我好掛住你
呀蓮

落雨收柴

lok6　　jyu5　　sau1　　caai4

—— 草草了事，粗枝大葉。

❝ 就夠鐘收工，重有好多貨未
執好，一於落雨收柴，嗱嗱聲搞掂佢。 **❞**

昔日一般人家煮食所用的燃料都是木柴，而作為燃料的柴亦
有多種，一般家庭所用多是坡柴或雜柴。坡柴來自南洋及新
加坡等地，松柴是本地所產，油質重，火力大，價錢較貴，
一般為酒樓採用；而雜柴幼小，價錢最平。柴枝要到柴舖購
買，以斤計算。柴枝過粗，就要破柴。柴枝容易潮濕，又要
將柴枝搬上天台或者到街上曬柴。在曬柴的時候，如果突然
下雨，便要趕快收拾柴枝，搬回屋內，否則前功盡廢。收柴
時要快要急，一大把一大把的抱在手中，非常忙亂狼狽，這
就是落雨收柴。

冇得頂

mou5　　dak1　　ding2

── 好到極點。

❝ 今餐飯大魚大肉，鮑魚海參 **❞**
都出齊，真係冇得頂。

冇得頂，原出自北方方言的「頂瓜瓜」而來。舊日有不少外省人在九龍的榕樹頭和港島的大笪地表演雜技、魔術、馬騮戲等為生，每當表演至精彩處，賣藝者就會問圍觀者：「頂瓜瓜嗎？」觀眾見到這些表演都會大為喝采，大叫「頂瓜瓜！」。他們收到觀眾打賞後，就會再來一次更加精彩的表演，而後再問：「是不是頂瓜瓜又頂瓜瓜呀？」觀眾就說：「頂到冇得頂呀！」即好到無懈可擊之意。後來被簡化為「冇得頂」。

放水

fong3　seoi2

—— 與人方便。

> 今日比賽，對方識得，
> 自己友嚟，放吓水喇，唔好去到咁盡。

上世紀五六十年代香港社會的貪污問題很嚴重，曾經有傳聞指消防員到達火警現場時向災場的用戶或負責人要求金錢回報，對方答應才開喉救火，因此當時有句流行語曰：「有水放水，冇水散水。」因為「水」可作為金錢的代名詞，亦可解作救火的水，一語雙關，所以「放水」逐漸就流傳成與人方便的說法。

姜太公釣魚

goeng1　　taai3　　gung1　　diu3　　jyu4

── 願者上鉤。

> 今晚飯局扒大數，姜太公釣魚，有興趣收工集合一齊出發。

姜太公原名姜尚，字子牙，後人尊稱姜太公、太公望。姜太公釣魚一事傳說發生於商周時期。姜子牙希望能得到周文王賞識，推翻商紂暴政，於是趁一次文王回都途中，姜子牙在河邊用沒有魚餌的直鉤釣魚，向文王表達願者上鉤的道理，周文王明白是暗指求才若渴的自己，於是請他一同振興朝綱。這個傳說就變成流傳至今的「姜太公釣魚 ── 願者上鉤」一話。

和姜太公有關還有一句俗語：「姜太公封神 ── 漏了自己」。《封神演義》中，傳說姜子牙將伐紂功臣全數封神，剩餘玉皇大帝一位想留給自己，但被一個叫張友仁的人暗算。等到各神

仙問玉皇大帝是誰的時候，姜子牙回答：「不用急，自然有人。」這時張友仁突然跳出來，説：「謝謝丞相，友仁在此。」姜子牙只好把玉皇大帝的位置拱手相讓。然後更爬上屋頂（一說是坐在門檻上），大喊：「姜太公在此，諸神回避！姜太公在此，百無禁忌！」從此便成為了諸神的監督者。

生仔姑娘

saang1　　zai2　　gu1　　noeng4

醉酒佬

zeoi3　　zau2　　lou2

—— 唔制又制。

> 陳仔呢頭話戒煙，個頭又走去買，真係生仔姑娘醉酒佬，唔制又制。

生仔姑娘即產婦，其分娩過程相當辛苦，雖然口頭上說很辛苦不生了，但還是會堅持下去；醉酒佬在宿醉醒後亦是好辛苦，往往都會發誓以後不再飲酒，下次又大醉如泥。這句說話用這兩類人表示人做事雖然口裏說不，但還是會繼續做。

所謂「制」，廣東話就是願意、肯的意思。本字應是「濟」，最早本義是河道名稱，其後轉為渡口，再轉為渡河，又引伸

為不同的意義：「成功」與「成就」。廣東話用「濟」字作單
詞使用，是用「成也」的引伸義，和「定也」的訓義，初見
於《廣韻・霽韻》。把「成也，定也」聯結起來，便形成「濟」
的字義，產生了「成不成，肯不肯，定不定」的含義。

妹仔大過

mui6　　zai2　　daai6　　gwo3

主人婆

zyu2　　jan4　　po4

—— 喧賓奪主。

> 陳仔個女朋友送件裇衫畀佢，
> 陳仔竟然走去買套新西裝嚟襯，
> 真係妹仔大過主人婆。

昔日窮等人家因為家貧，會將女兒賣予富人。這些女孩從小就在其主人家為奴為婢，全無人身自由，一切由主人作主。女孩年紀小，被稱為妹仔，大多數侍奉小姐或夫人。夫人就被稱為主人婆，對妹仔有絕對的控制權。因此，妹仔大過主人婆，即是喧賓奪主之意。

自梳女

zi6　　so1　　neoi5

── 梳起唔嫁。

> ❝ 阿嬌家境好，但係眼角高，❞
> 唔想受男人氣，成日話要做自梳女，
> 梳起唔嫁。

女子結婚稱為出嫁。傳統上女子在出嫁前夕或當日清晨，要進行上頭儀式，是由一個年紀大、兒孫多、婚姻美滿，俗稱「好命婆」的婦人，將新娘所梳的少女辮子，改梳成婦人髮髻，並會說出吉祥句子：「一梳梳到尾；二梳我哋姑娘白髮齊眉；三梳姑娘兒孫滿地⋯⋯」

以前女子甚少外出工作，出嫁後則需要依賴男方，並照顧其生活。後來女性開始有獨立的經濟能力，例如昔日的順德女子，以取絲為業，可以養活自己，因而不願出嫁。自此以後，不少女子進入成人階段就自行改梳婦人髮髻，表示立心不嫁。因此「自梳女」即是指決心獨立生活，終身不嫁的女人。

好嘢流唔到

hou2　　je5　　lau4　　m4　　dou3

肇慶峽

siu6　　hing3　　haap6

—— 輪唔到你。

99 演唱會嘅握手位邊會輪到你，**99**
一早畀人訂晒喇，好嘢流唔到肇慶峽。

肇慶峽位於西江下游，據説昔日西江一帶常遇洪水泛濫，沖毀民居，百姓家中的用品家具都被沖至河裏。而江河沿岸的人都會去打撈物品，位於上游的人都會先截撈有用的物件，因此到了下游的時候已經沒有甚麼可撿的東西，故此表示某人的身分位置稍遜，以致分不到好東西。

好嘢流唔到肇慶峽

打劫紅毛鬼，

daa2　　gip3　　hung4　　mou4　　gwai2

進貢法蘭西

zeon3　　gung3　　faat3　　laan1　　sai1

—— 得不償失。

> ❝ 陳仔捱咗幾晚通宵，搵埋唔 ❞
> 少加班費，結果都要幫襯醫生，
> 真係打劫紅毛鬼，進貢法蘭西。

「紅毛鬼」，指荷蘭人；「法蘭西」，指法國人。這是舊日廣府人對這兩個國家的叫法。

明末清初時荷蘭人侵佔台灣島，康熙元年（1662 年）鄭成功收復台灣，驅逐荷蘭侵略者。清末時法國先後參與英法聯軍及八國聯軍侵略中國，清朝政府被迫割地賠款。於是廣府人將這兩件事合為一談，形容清廷費盡力氣收復台灣為「打劫紅毛鬼」，並將屈從法國，割地賠款稱為「進貢法蘭西」，最後都是得不償失。

另外有一句俗語「冤枉來，瘟疫去」，意思並不相同。前者「打劫紅毛鬼」，要付出代價；後者「冤枉來」，得來不費功夫。

濟軍

zai3　　　gwan1

── 野蠻，不講道理。

> 成日掛住玩，功課都唔做，
> 教極都唔聽，真係濟軍。

濟軍是指清末民初軍閥龍濟光的軍隊。1903 年，廣西地區政局動亂，龍濟光曾率兵鎮壓多場起義，因功升為廣西提督，龍部更擴充為三十個巡防營，擁兵一萬六千多人，被稱為「濟軍」。龍濟光後來歷任廣東陸路提督兼警衛軍副司令，及廣東宣撫使，更率兵討伐陳炯明，解散廣東議會，並在廣東專制統治約三年，導致民不聊生。因此「濟軍」就為蠻不講理的代名詞。

山卡啦

saan1　　kaa1　　laa1

—— 僻遠之地，人跡罕至。

❝ 陳仔欠落周身賭債，冇得還， **❞**
走咗去山卡啦匿埋，搵佢唔到。

「卡啦」本字是「旮旯」，「旮旯」粵音讀為「哥囉」，有角落
之意，後來演變成「卡啦」的讀音。旮旯是北京方言，指狹
窄、偏僻、隱閉靠邊之處。如「牆旮旯」，即牆角落；「山旮旯」
即表示偏遠的地方。廣府話有句俗語「冇雷公咁遠」，只是說
很遠，但山卡啦，不但遠，還很偏僻難找。

靚溜

leng3　　　liu1

—— 美麗。

> 66 着件新衫，扮到咁靚溜，
> 梗係約咗男朋友喇。 99

外省人說「美麗」，廣府人就說「靚」，例如說「靚仔」、「靚女」、「靚嘢」等。

「靚」即是美好的意思，早見於古代文獻，如宋徽宗《燕山亭》詞：「新樣靚妝，艷溢香融，羞殺蕊珠宮女」。至於「溜」字，粵語詩《垓下詠古》曰：「八千靚溜後生哥」，唯本字應為「嬼」，見於《詩經・陳風・月出》：「月出皓兮，佼人嬼兮，舒憂受兮，勞心慅兮！」當中「佼」字亦有相貌美之意，「佼人」即美人，而「嬼」意謂美好；「佼人嬼兮」即稱讚女子美麗。

發姣

faat3　　haau4

—— 打扮、貪靚。

阿嬌平日好樸素，
今日就穿紅着綠，發晒姣咁。

「發姣」，專指女性表現出撒嬌的行為，進而賣弄美色，其實是女子想把自己裝扮得漂亮而已。「姣」有指容貌美好的意思。「發姣」本義是女為悅己者容，打扮漂亮。但如今卻解讀為「發情」、「撒嬌」，主要以女性為對象，例如形容女性做出拋媚眼的動作來吸引異性。

老坑

lou5　haang1

—— 長者。

> 陳仔得個廿零歲，
> 但係手慢腳慢，十足個老坑咁。

人們常說的老坑，通常指玉器中的翡翠，或石硯中的硯材。

翡翠有新坑種翡翠和老坑種的分別。前者是甚少受到大自然的流水、風沙等侵蝕，內部顆粒之間結合不太緊密，表面呈現玻璃光澤；而後者則相反，受到風化、流水等作用改造，篩走玉質粗糙、有瑕疵的玉料，使剩餘的翡翠雜質礦物變得稀少，晶體顆粒更細，透明度亦較好。

老坑也可以指中國硯材中的老坑石料。所謂老坑硯石是指硯石長期受地下水浸泡，其粘土礦物質因而溶解，使石質潤滑，細膩，下墨更好。所以俗語就用「老坑玉石」來比喻長者閱歷豐富，人生磨練多，處世圓滑。不過老坑一詞有時帶有貶義，而對象一般都是男性；亦有稱為「老餅」，長者亦會用之作為自嘲。

一嚿飯

jat1　　gau6　　faan6

── 教極唔識，不堪造就。

❝ 　　陳仔做嘢手慢腳慢， **❞**
　教極都唔識，一嚿飯咁！

香港人食飯好講究，飯要有飯香，要有飯味，而且最重要飯粒要分明，最怕黏作一團。「一嚿飯」就是形容那些腦筋黏作一團，反應緩慢，分不清黑白好醜的人。

形容這類人還有很多種叫法，例如「飯桶」、「一碌木」、「一碌葛」等。

蓮子蓉面口

lin4　　zi2　　jung4　　min6　　hau2

── 笑容滿面。

❝ 陳仔今晚約咗女朋友去街，**❞**
唔怪得成日都蓮子蓉咁嘅面口。

蓮子蓉面口，即是開心，笑容滿面。蓮子蓉是用鮮甜的蓮子
製成，做法是先把蓮子分成兩半，取出蓮芯，再將蓮子加工
煮成蓮蓉。通常會用來製作月餅或包點內餡，味道和寓意都
有開心及甜蜜之意，所以形容人「蓮子蓉面口」就是指笑容
滿面。

與蓮子蓉面口相對的是「苦瓜乾面口」。苦瓜味苦而甘，外形
凹凸不平，將苦瓜切成片，晒乾後更縮成一小塊，好像人不
開心時皺起眉頭的面相，所以形容人心情差時就是一副「苦
瓜乾面口」。

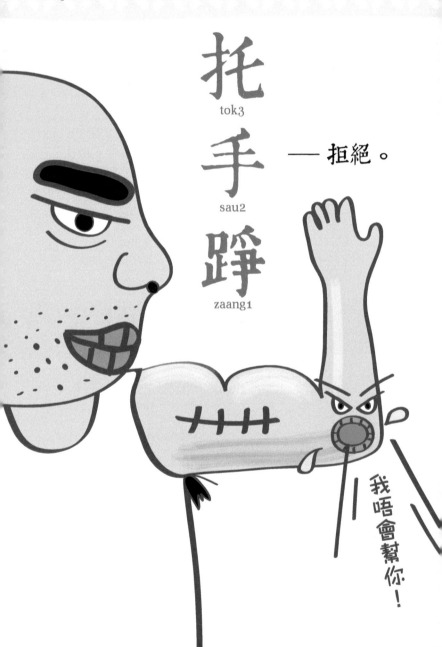

托 tok3
手 sau2
踭 zaang1

—— 拒絕。

我唔會幫你！

> 　　陳仔今日去中環，順便請佢
> 帶份文件，佢竟然唔肯，托我手踭。

「托手踭」，古語為「掣肘」。《呂氏春秋》曾經記載：「宓子使臣書，而時掣搖臣之肘，書惡而有甚怒，吏皆笑宓子，此臣所以辭而去也。」當時宓子賤治理魯國亶父一地，曾經在官員記錄文書時常常牽引他們的手肘，使他們寫得不好，然後遷怒於他們，以致官員都辭官而去。其實宓子賤是以這個矛盾的行為來勸諫魯君，不要擾亂臣子的政治主張後又遷怒於他人，這樣只會導致眾叛親離。從這個典故中，將「掣肘」釋成同義口語「托手踭」，來表示阻撓別人做事，後又引申為「拒絕支援或提供幫助」之意。

養眼

joeng5　　ngaan5

—— 面貌娟好，行為大方的女性。

> 陳仔個女朋友斯文大方，
> 打扮入時，真係好養眼。

養眼有言是「漾眼」。「漾」本義為「水光開合貌」，即水流波動時反射陽光的狀態，又作飄蕩、浮泛的意思。例如謝惠連《泛南湖至石帆》詩有「漣漪繁波漾」、溫庭筠《春江花月夜》中「秦淮有水水無情，還向金陵漾春色」等句。所以「漾」有美觀、浮泛流動之意，而廣府話則將之讀為「養」，養眼則表示女子樣貌娟好，行為舉止大方。

索氣

sok3　　hei3

—— 辛苦，缺乏錢財。

" 屋企幾個化骨龍，又要 "
供書教學，又要供樓，真係好索氣。

「索氣」是魏晉語詞的口語，「索氣」魏晉間多寫作「氣索」，意思是「盡也」。但亦偶寫作「索氣」。北周庾信曾作詩《擬詠懷》寫道：「索索無真氣，昏昏有俗心。」但後來中原地區不用此詞，而粵語方言一直沿用至今，寫成「索氣」，即呼吸困難，唔夠氣，亦作為辛苦，缺乏錢財之解。

一頭霧水

jat1　　tau4　　mou6　　seoi2

— 摸不着頭腦。

> 今日上物理課，老師講得快，
> 我聽極都唔明，真係一頭霧水。

廣府人將早晨的露水稱為霧水，但露水不等如霧水。早上，快將天光時，天色迷濛，帶些濕氣，有時看不到前後左右的景色，稱為霧水。有些養雀之人，一清早會帶同雀仔到野外，叫做「打霧」。「一頭霧水」就形容人，有如墮五里霧中，對某事迷惑不解。

清末，有位廣東鬼才何淡如，擅長以俗語入聯和入詩。一日與友人遊山玩水，以文會友，其中一人出聯首曰：「四面雲山誰作主」，各人一時不知所對，何淡如即續出下聯：「一頭霧水不知宗」。既工整，又具諷刺。

盞

zaan2

── 稱心如意，美好。

> 老陳個女眼大大，嘴細細，
> 斯斯文文，幾盞。

「盞」本字為「孏」，含義是好、美。「孏」在《說文解字》中謂：「白好也，從女，贊聲。」又南朝《玉篇》云：「孏，好容貌。」傳入廣府後，轉音成「盞」。廣府常用盞字去形容美好的事物。如「呢件衫好盞」，「個細路女生得幾盞」，或者會用否定式語氣：「呢單嘢唔係好盞」。

好多時廣府人很喜歡加個鬼字來強調，於是又有了「盞鬼」一詞，表示有趣、可愛的意思。

論盡

leon6　　zeon6

哎呀⋯⋯

—— 體態衰頹，行動遲鈍。

> ❝ 陳仔做事好論盡，呢頭收拾
> 好張枱，嗰頭佢又倒瀉茶。❞

體態衰頹，動作遲鈍，言語囉嗦，廣府人稱之為「論盡」。這
個詞正式的詞形應該是「纍垂」。纍垂是北宋期間出現的中原
語，本義是衰憊貌，例見《朱子全書》：「與天地相應。若天
要用孔子，必不教他衰。如太公武王皆八九十歲。夫子七十
餘，想見纍垂。」其後這些按中原音讀口語融入廣府話中，
於是「纍垂」轉化成「論盡」。

郁不得其正

juk1　　bat1　　dak1　　kei4　　zing3

—— 動彈不得，沒有自主權，
　　　不能輕舉妄動。

>> 陳仔想過大海搏殺，
但份人工被老婆扣起，郁不得其正。

「郁不得其正」出自《大學・釋正心修身》：「所謂『修身在正其心』者，身有所忿懥，則不得其正；有所恐懼，則不得其正；有所好樂，則不得其正；有所憂患，則不得其正。」

意思是說，心裏有所忿怒、恐懼，心就不得端正；有了喜好或憂愁，心裏也不得端正。

「郁不得其正」的「郁」，解作心動，而在廣府話中，又引申為動作，全句是說若移動絲毫，會變得不正，因此動彈不得。

有食冇食，

jau5　　sik6　　mou5　　sik6

搵返個滴滴

wan2　　faan1　　go3　　dik6　　dik6

—— 戴手錶是身份象徵。

❝ 搵食艱難，有食冇食，都要 **❞**
搵返個滴滴，否則會畀人睇小。

「有食冇食，搵返個滴滴」是上世紀五十年代流行的説話。「滴滴」即手錶。舊日生活艱難，手錶是奢侈品，但當時社會風氣是先敬羅衣後敬人，手上無錶，會好失禮。當時買隻普通牌子的瑞士機械錶，都要普通白領成個月人工，於是有些人寧願節衣縮食，都要買隻來充撐場面。

飛象過河

fei1　　zoeng6　　gwo3　　ho4

── 不守規矩。

❝ 呢個人坐巴士，將對腳放在對 ❞
面張椅上面，飛象過河，真係冇公德心。

「飛象過河」出自象棋規則。中國象棋每方都分有將、車、馬、炮、士、象及卒等棋子。每隻棋子的步法均有不同的規矩限制，如「將」只能在九宮格內直行或橫行；「士」只能在九宮格內按斜線走動；而「馬行日、象行田」，即指「馬」只能以日字形斜線走；「象」則走「田」字的對角線。

此外，「象」只能在己方範圍，不能越過楚河漢界。因此，若不依規矩行事，即是「飛象過河」，後來更有急功近利，不按常規的意思。另外，如食飯時將筷子伸至對面的碟裏的挾餸，也叫「飛象過河」。

另一句「事急馬行田」亦是出自象棋。因為「馬」本來只能以日字形跳動，但因為事態緊急，便作田字形跳動，比喻人做事迫不得已而不符規例。

唔啱牙

m4　　ngaam1　　ngaa2

── 不合拍。

> 陳仔同佢細佬成日爭吵，
> 好唔啱牙。

「牙」有兩種，一是螺絲。螺絲有不同的直徑，不同的直徑又有不同的螺距，即鄰近兩條螺紋之間的軸向距離；而螺紋上的螺紋凸起部分稱為「螺牙」。如果螺絲的螺牙、螺桿和螺距等與螺母不一樣，則螺絲不能通過螺母。所以「唔啱牙」表示不合適的意思。

另一種是指齒輪。齒輪有不同的直徑和齒數等等，如果兩個齒輪的齒的徑節不吻合，齒輪就不能帶動另一個齒輪轉動，此亦是「唔啱牙」。

擔挑都
daam3　　tiu1　　dou1

做過筍
zou6　　gwo3　　seon2

—— 不要過分責備求全。

> **❝** 陳仔經驗少，做事手腳慢， **❞**
> 擔挑都做過筍，要畀機會佢。

擔挑，即扁擔，是將粗竹分開兩半做成，用來挑重物。而竹由地下莖生，先出竹筍，長成竹子後才是製作擔挑的材料。所以「擔挑都做過筍」的意思是說誰都曾經年輕過，勸喻老者不要嘲笑後生；亦說每個人都有成長過程，不要過於責備求全。

一盅兩件

jat1　　zung1　　loeng5　　gin6

—— 飲茶。

❝ 一早起身，做完晨運，走去 **❞**
茶樓嘆吓一盅兩件，醫吓個肚。

「一盅兩件」，源出於昔日的茶樓。「盅」指焗盅，「件」指餅食。以前上茶樓飲茶，主要是嘆茶，與友人談天說地，非為飽肚。而當時的茶樓主要以餅食為主，不如現今有各式鹹甜點心供應。糕餅放在枱面，有老婆餅、合桃酥、蓮蓉酥等等，都是硬身，稱為「硬嘢」，一碟放兩件，任客挑選，可以食兩件，或者食一件都得。飲完茶起身找數，伙計會看看餅碟，再叫出銀碼，茶客便到櫃面結賬。此為一盅兩件，成為飲茶的代名詞。

因為舊時伙計將餅食放在枱面，不甚衛生，於是有些茶樓就特別訂做一些圓枱，枱面是玻璃，下面一層是木板，將餅食放在下層木板上，有玻璃分隔，較為衛生。茶客離座時，伙計也可以透過玻璃看到他們食了多少件餅食，叫出銀碼。此種枱面現時在一些古老的茶樓還在使用，但太多數人不知道其原來的用途，卻用來放手袋或者報紙雜物。

濕柴煮爛鑊

sap1　　caai4　　zyu2　　laan6　　wok6

—— 十分麻煩。

仲要煮幾耐……

> ❝　又要供樓，又要交稅，❞
> 張卡又碌爆，今次真係濕柴煮爛鑊。

以前煮食的燃料都是柴枝，柴易受潮，如果濕了，很難燒得着，而且燒起來很大煙，火力又唔夠。烹煮食物用鐵鑊，如果是破爛的，亦很難用來煮食。因此用濕了的柴作燃料，加上用爛鑊來煮食，其麻煩程度可想而知。

另外有一句俗語：「熟人買爛鑊」，就是從熟人手中買到的鑊卻是爛的，意思即是「唔熟唔食」，被熟人佔便宜，與另一俗語「黃皮樹了哥」相似。

一鑊粥

jat1　　wok6　　zuk1

—— 一塌糊塗。

❝唔識做又唔問人，搞到一鑊粥。❞

「一鑊粥」此句源於中原方言，原為「一鍋粥」。粥是稠結而帶黏性的漿狀，有如漿糊，並未煮成米飯。這就以粥的形態來寓意做事並未完成，半途而廢，一塌糊塗。

煲粥除了水外還有米，煮成糊狀，總算是有些結果；但如果只是水，沒有米，最多只能煮出一鑊泡。所以「一鑊泡」即是無結果，徒勞無功的意思。有水無米，也即是煲「冇米粥」，也即只是「煲水」—— 得個講字。個個都得個講字，吹牛噴口水，沒有行動，就變成「吹水」。

劏白鶴

tong1　　baak6　　hok6

—— 飲醉。

> 66 人出酒，陳仔就出命，次次 99
> 都飲到劏白鶴，嘔到成地都係。

飲酒過多，腸胃吃不消，就會嘔吐大作，廣府話稱之為「劏白鶴」。劏者，宰殺也。但「劏白鶴」跟宰殺完全無關。

北方稱酒為黃湯，酒飲多了，嘔了出來，便是「湯白喝」。粵人模仿官腔，於是便讀成「劏白鶴」。現時有人簡稱為「劏咗」、「飲大咗」。至於有人稱飲醉為「貓咗」，可能和「醉貓」一詞有關。

豬頭骨

zyu1　　tau4　　gwat1

—— 冇肉兼難啃。

> 呢份工返早放夜，人工又低，唔做又冇錢用，真係豬頭骨。

「豬頭骨」，顧名思義就是豬頭的骨。豬頭除了外皮之外，便剩很少肉。骨多肉少，要削下來並非易事，非得要用鋒利的尖刀，加上細心和耐性才可把肉一點點刮下來吃。所以豬頭骨就是冇肉食兼難啃的代表。很多人都把難度大而又人工低的工作稱為「豬頭骨」，但為了生活，唔食又唔得。

茨實多過

ci4　　　sat6　　　do1　　　gwo3

薏米

ji3　　　mai5

— 有姿勢，冇實際。

> 你搵陳仔做事，佢實同你講
> 大條道理，正一茨實多過薏米。

茨實有益腎澀精、補脾止瀉、安神等功效，主治糖尿病、脾虛水腫等症；而薏米性涼，味甘、淡，入脾、肺、腎經，有利水、健脾、除痹、清熱排膿之效。用茨實及薏米煲湯有保健及食療作用，不過在份量方面，茨實和薏米通常是等份，或者一份茨實，生熟薏米各一份。雖然茨實價格較貴，花錢又多，但如果茨實分量多過薏米，功效亦不會有所增加，因此沒有人煲湯會用茨實多過薏米。而「茨實多過薏米」就是形容有姿勢，冇實際。

啞仔飲沙示

aa2　　zai2　　jam2　　saa1　　si6

—— 講唔出咁噱。

> ❝　　　陳仔拖住個女朋友，　❞
> 滿面春風，真係啞仔飲沙示，
> 　　　講唔出咁嚱。

沙示汽水是一種碳酸飲料，以植物墨西哥菝葜為主要調味的
原料，為深褐色、甜味、不含咖啡因。早在上世紀三十年代
左右，汽水廠已經在中國廣州、上海等地生產沙示汽水了。
由於沙示汽水是一種碳酸飲料，當時的廣告標語中有：「有我
咁好氣，有我咁長氣。」因為沙示入口後會感覺到有一股氣藏
於胃內，這股氣經由口中噴出後，令人有一種舒服的感覺，
這種感覺，廣府話稱為「嚱」。但如果是啞仔，不能說出這種
舒爽的感覺，就是「講唔出咁嚱」。這句話對殘障人士有點歧
視，但亦形容得十分貼切。

豆腐膶咁大

dau6　　fu6　　jeon5　　gam3　　daai6

—— 細小。

豆膶

豆腐

❝ 屋企得豆腐膶咁大，真係失禮。❞

「豆腐膶」，又簡稱「豆膶」，用黃豆製成，製作方法與豆腐相似。做豆腐時將黃豆磨成豆漿，經過煮沸、凝固的過程成豆腐花，再打碎倒入鋪好細布的木製模型板中，木底座有正方格紋，使豆腐成形後背面出現格線，方便小販沿格線分割。每板豆腐可以用豆腐刀切開分成三十六件，按件售與顧客。

至於豆膶的製法不同的地方在於每塊都獨立用布包包着，隨着受壓而變得結實，又稱布包豆腐。大小雖等於一件豆腐，但厚度只為其三分一，總體積較小，所以用「豆膶咁大」的反語來形容物件細小。

攞景還是贈慶

lo2　　ging2　　waan4　　si6　　zang6　　hing3

—— 不知原因，諷刺、幸災樂禍。

❝ 陳仔生日，成班老友約埋食飯，打返幾圈。陳仔一個輸三個。老黃唔知道，重視佢年年有今日，都唔知攞景還是贈慶。❞

「攞景還是贈慶」此句俗語與中秋節有關。昔日中秋節前，酒樓會在門外張燈結綵作為宣傳，促銷月餅，招徠顧客。小型餅店或茶樓，會在門外掛上電動的公仔箱，箱內的公仔與圖案會轉動，內容以民間故事為主，例如「嫦娥奔月」、「貂蟬拜月」、「桃園結義」等，以吸引顧客。一些大型的酒家（如龍鳳、瓊華等）會在門頭掛起大型廣告畫，內容則以諷刺時事為主。每年接近中秋，市民都會猜測兩間酒樓本年的內容。由於廣告畫上會寫上「慶賀中秋」，但內容卻是諷刺時弊，於是就有了「唔知攞景還是贈慶」的說法。

換畫

wun6　　waa2

—— 換戀人。

> 陳仔身邊的女朋友同先
> 幾個月嗰個唔同，又換咗畫？

上世紀二十年代，香港開始有電影院，舊時電影稱為影畫戲，電影戲院叫做影畫戲院。電影上映叫做上畫，電影檔期完結，就叫落畫，換上另一部電影放映，此為換畫。如果套電影唔收得，票房收入低，戲院會提早換畫，反之就會延長映期。

而一些男女藝員身邊的伴侶經常變換，可能認為舊人對自己沒有好處，會阻礙發展，而換上新歡。這種情形與戲院商有些相似，因而亦稱之為「換畫」。「換畫」一語由娛樂圈傳至圈外，便成一句流行語。

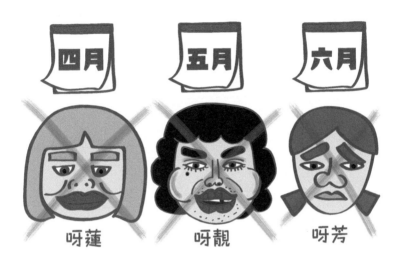

呀蓮　　呀靚　　呀芳

呀芬

解畫

gaai2　　waa2

—— 解釋。

> 66 陳仔話發燒，請假去睇
> 醫生，點知轉頭畀人見到入咗
> 馬場。今次唔知佢點樣同老細解畫。 99

早期香港社會一般都叫電影做影畫戲。由於電影沒有配音，只有很簡單的字幕，很多人都不明白劇情，於是戲院便聘請專人，在現場根據畫面向觀眾繪影繪聲地講述，幫助觀眾了解劇情。這些人被稱為「解畫佬」，他們會自由發揮，天馬行空，加鹽加醋，引人入勝。

到了後來，有聲片取代默片，中文字幕亦較為詳盡，觀眾的文化程度提高，不需要人來解畫，這個行業才慢慢消失，但留下了「解畫」一詞，慢慢成為香港日常用語，變為「解釋」的另一種說法。

柴台

caai4　toi4

── 喝倒彩，起哄。

> 陳仔上台唱歌唱到走晒音，
> 畀人柴台，叫佢收聲。

過去一些戲班在鄉村演出，如果演員在台上演出失準，或者服裝道具有失誤，台下眾就會起哄，喝倒彩，謂之「柴台」。到了現時，當眾表演但不受歡迎、引致噓聲四起，亦稱「柴台」，是對演出者的指責，誹議。

有言柴應為「呰」的轉音，「呰」一字在《說文解字》解作「不思稱意」。後漢《郭林宗傳》中有說：「林宗與二人共至市，子許買物，隨價讎直，文生呰呵，減價乃取。」描寫文生去買物時，例必對貨品諸多挑剔，詆毀一番，直到減價才買。

搙衫尾

mang1　　saam1　　mei5

—— 靠關係。

> 陳仔冇料但又做到呢個職位，
> 全靠有人關照，搙衫尾得返嚟。

上個世紀五十年代香港的電影院中，一個已購票的成年人可以憑票多帶一個小童入場，因此有些小童會逗留在戲院大堂，等成年人（特別是女士）入場時，趁機上前用手抓着其衣服，口中唸唸有詞：「大姑唔該帶埋我，大姑唔該帶埋我」，希望能混進去看電影。如果那場電影並不滿座，守閘員多會隻眼開，隻眼閉，詐看不見，讓他們入場。因此「搙衫尾」一語就代表依賴關係的做事方法。

漏氣

lau6　　　hei3

—— 做事拖拉。

> **陳仔份人做嘢慢吞吞，
> 拖泥帶水，好漏氣。**

「漏氣」出自戲行。元南芝庵《論曲》內有〈論唱〉一章批評
唱功方面的缺點：「凡唱節病，有困的、灰的、涎的、叫的、
大的；有樂官聲、撒錢聲、拽鋸聲、貓叫聲；不入耳、不著
人、不徹腔、不合調；工夫少、遍數少、步力少、官場少；字
樣訛、文理差；無叢林、無傳授；嗓拗劣調，落架（膈）漏氣。」
漏氣一詞原是來自唱功，但引為形容人的性格，做事時冇氣
冇力，拖拖拉拉。

也文也武

jaa5　　man4　　jaa5　　mou5

— 不可一世。

> ❞❞　　陳仔接成一單生意，
> 被老闆讚兩句，就也文也武，
> 目中無人，不可一世。

「也文也武」出自大戲戲班術語。舊日的戲班分為全男班或全女班，劇本又有文場和武場。大老倌可以演男或女角，又可演文場武場，即又會唱文戲，又可以耍武，本領十足，於是「也文也武」就成為讚賞恭維的詞句。

但後來「也文也武」演變成自以為是，不可一世，由褒詞變成貶詞。

篤數

duk1　　sou3

— 報大數。

❝ 呢套戲票房紀錄好差，但片商 ❞
篤數，話套戲收得，想人買飛入場。

「篤數」，意即報大數，造假。此語源自上世紀五、六十年代的香港舞廳，客人可以叫舞小姐坐枱，價錢由她們坐下開始計算，因此枱上會放有一隻杯，讓舞小姐坐枱時將記錄時間的「鐘飛」放進去，以便客人離開結賬時計算費用。如果有生客上門，舞女大班便會帶多幾位舞小姐坐枱，並把鐘飛捲成圓條狀，用手指篤進杯內，增大賬單總額，所以被稱為「篤飛」，或「篤數」，即是報大數、造數的意思。

篤

擘綱巾

maak3　　　mong5　　　gan1

── 不和。

> **陳仔兩兄弟爭睇電視，**
> **竟然擘綱巾，打起上嚟。**

「擘」的粵語有張開、分開的意思；「綱巾」是明代成年男子用來束髮的網子。傳說明太祖朱元璋在微服出巡時從一位道士口中知道網巾是用來「裹以頭，則萬髮俱齊」，認為束網巾有天下一統的象徵，因此下命令全國的成年男子必須裹網巾。後來網巾就成為男子的代稱。

《擘網巾》是粵劇中一套排場，內容是說兄長誤會妻子與弟有曖昧，要殺死妻子。雖然妻弟兩人多番解釋，兄長仍然不相信，兄弟二人更對打起來。後來將好友不和、拆夥絕交，也稱「擘網巾」。

三元宮土地

saam1　　jyun4　　gung1　　tou2　　dei6

— 錫身。

> 陳仔踢波好錫身，對方衝過
> 來，佢就會彈開，真係三元宮土地。

三元宮位於廣州應元路，是一座歷史悠久的道教宮觀，主奉
三官大帝。三官大帝，指的是道教中分別掌管天界的天官，
掌管地界的地官和掌管水界的水官。

每所廟宇都會供奉土地神，神像一般多以陶塑、木刻或石刻
造成，而三元宮的土地神像則是用錫灌鑄而成。「錫」與「惜」
音近，「惜」即愛惜，惜身／錫身即是指責人不太願意付出，
做事不盡責。

三煞位

saam1　　　saat3　　　wai5

—— 招惹是非、不安全。

❝ 呢個職位，冇人坐得耐， **❞**
一年就換咗三個人，真係三煞位。

何謂「三煞」？三煞是風水術語，指「劫煞」、「災煞」和「歲煞」的合稱，代表流年沖三合旺位的方位。如果所選擇的地方屬於犯煞的方向，則會遇到災禍。因此時人也會以「三煞位」來形容不吉利的地方。

三魂唔見七魄

saam1　　wan4　　m4　　gin3　　cat1　　paak3

── 不集中，沒有主見。

> ❝　吩咐陳仔去買貨，點知見　❞
> 到個靚女售貨員對住佢笑，
> 就三魂唔見咗七魄，乜都唔記得買。

「三魂七魄」來自道教的觀念，指人身有三魂（胎光、爽靈、幽精）及七魄（屍狗、伏矢、雀陰、吞賊、非毒、除穢、臭肺，代表喜、怒、哀、懼、愛、惡、慾）。當人死後，七魄便會隨之消失。民間流傳指人死後，七魄散去，三魂之一歸於墓，一歸於神主牌，第三魂赴陰曹受審，乃至於轉世。所以人會以三魂唔見七魄來形容某些人精神恍惚、像靈魂出竅一般。另有一句「魂魄都唔齊」，同樣形容人因受到驚嚇，精神不集中。

咁近

gam3　　　kan5

城隍廟都

sing4　　wong4　　miu6　　dou1

唔求支好籤

m4　　kau4　　zi1　　hou2　　cim1

—— 把握機會。

❝ 陳仔間舖喺附近，專賣名牌 **❞**
波鞋，想買好嘢，搵佢喇，咁近
城隍廟都唔去求支好籤？

城隍廟是祭祀城隍的廟宇。「城」為城牆、「隍」為護城河，而城隍則是守護城池的神，原本主掌陰界事宜，但在唐宋時期開始，百姓向城隍祈求的事愈來愈廣泛，如天氣陰晴、作物豐收、治蟲防災等，希望能得到城隍的庇祐。因此，「咁近城隍，點解唔求返支好籤」可以延伸為勿失良機的意思。

六神無主

luk6　　　san4　　　mou4　　　zyu2

── 心慌意亂。

> 陳仔今朝畀老闆鬧咗幾句，
> 嚇到六神無主。

古時謂人有六神，分別是掌人類六個器官：心神、肺神、肝神、腎神、脾神、膽神。五臟六腑中，只有膽屬六腑，其餘是五臟。「六神無主」照字面意思就是這六個重要器官都失去所屬的「神」，身體自然就會失調，用來形容人心慌意亂，不能拿定主意。

另外也有「失驚無神」的說法，這句的神都是源自六神的說法。

馨香

hing1　　　hoeng1

── 芳香，聲名遠播。

> 陳仔一身名牌，都係同人
> 借返嚟，好馨香咩？

在古代，帝王每年都要進行各種祭祀，祭品中例有六畜、米飯和酒等。燃起燎火，祭告天地鬼神，以示帝王統治有方，五穀豐登，國泰民安。當時民眾對這種祭品香氣稱為「馨香」。《尚書·君陳》曰：「至治馨香，感於神明。黍稷非馨，明德惟馨。」即是說只有君王謹修德行，做到政治清明，才是真正的馨香。而廣府話中反問的「好馨香咩？」就是反問有何令人讚揚的意思。

八婆

baat3　　po4

—— 兇悍潑辣。

　　" 呢個女人，成日周圍
講是講非，正八婆！ "

「八婆」是由「女魃」衍生出來。女魃是《山海經》裏記載的
一位女神，身穿青衣，能夠收乾雨水，甚至導致旱災。傳說
中一次黃帝與炎帝大戰，炎帝召風伯雨師來呼喚風雨，黃帝
便請來女魃對抗，最後戰勝蚩尤。而女魃下凡後，不管去哪
裏也會引致嚴重旱災，不太吉祥，所以有說「女魃也，女禍
也」。現在「八婆」一詞用來形容兇悍潑辣的女人，有辱罵
的意思。

三姑六婆

saam1　　　gu1　　　luk6　　　po4

—— 愛搬弄是非的婦女。

> 唔好信呢班三姑六婆，
> 會害你一世。

據元朝陶宗儀所著《輟耕錄·卷十·三姑六婆》中記載：「三姑者，尼姑、道姑、卦姑也。」分別指佛教、道教中人，和算命卜卦的女人；「六婆者，牙婆、媒婆、師婆、虔婆、藥婆、穩婆也。」就分別指專門替買賣人口充當中間人、包辦婚姻的女人、請神問命的巫婆、妓院的鴇母、江湖醫師、接生婆。

三姑六婆這幾類人在當時社會上身份較低賤，不受尊重，一般人不會和她們結交朋友。《初刻拍案驚奇·卷六》便說：「話說三姑六婆，最是人家不可與他往來出入。」《鏡花緣·第一二回》也指：「況三姑六婆，裡外搬弄是非，何能不生事端？」可見當時的人都因為三姑六婆愛搬弄是非而不願交往。

清代小說家李汝珍在《鏡花緣》中亦寫道：「吳之祥道：『吾聞貴地有三姑六婆。一經招引入門，婦女無知，往往為其所害，或哄騙銀錢，或拐帶衣物。』」所以，「三姑六婆」逐漸成為說三道四的女人的代名詞。

三姑

龍舟棍 —

lung4　　zau1　　gwan3

頂衰神

ding2　　seoi1　　san4

—— 令人討厭。

> ❝ 呢個人成日口不擇言，
> 得罪人多，稱呼人少，正一龍舟棍。 ❞

珠三角地區河涌縱橫，端午節都有賽龍舟的傳統。除此之外，以前還有唱龍舟歌。

龍舟歌相傳是順德龍江鄉的人所作。以敲擊鑼鼓和伴奏吟唱為表演方法，內容詼諧有趣，以神話傳說和民間故事為主，反映當地風俗。唱詞以七言韻文為基本句式，通常四句為一組。自坊間流傳開去，多為口耳相承。

龍舟佬會一手持木棍，棍上插着一艘木雕小龍舟，穿街過巷，向商户討取香錢。龍舟上有活靈活現的人物，持棍的手指牽動繩線能做出撥槳的姿態，上面束有一團「禾稈草」，方便香主插香之用；另一手執小木條，敲擊掛在胸前的小鼓和小鑼，作為伴奏。演唱內容多為吉利、祝頌語。户主插香後，多會給些香錢，並大聲說出「過主」，以喻驅趕小人。

每艘龍舟船頭都奉有一位菩薩，稱為水神，但人們音變為「衰神」。龍舟棍的上端是用來頂住龍舟，所以「龍舟棍」，就用來頂「衰神」。而「頂」有極之、非常之意，「頂衰神」亦即非常惹人討厭。

八卦

baat3　　gwaa3

—— 多管閒事。

> 人哋嗌交，關你咩事，
> 唔好咁八卦，快啲走。

「八卦」源於周易，由三個「爻」上中下搭配而成的八個組合，分別為「天、地、水、火、雷、風、山、澤」，相對的卦名為「乾、坤、坎、離、震、巽、艮、兌」。八卦相配，又可分成六十四卦，而天地萬物之間的變化，都蘊藏在卦象之中。

俗語中的「八卦」與周易的卦象無關，只因八卦變化多端，包羅萬有，因而含有好管天下閒事之意。

三教九流

saam1　　　gaau3　　　gau2　　　lau4

── 不正派。

> 呢班人成日無所事事，
> 正一係三教九流，唔好近佢哋咁多。

「三教」指儒、釋、道；「九流」則指尊卑不同的九種身份，其順序是帝王、文士、官吏、醫卜、僧道、士兵、農民、工匠、商賈。「三教九流」本來是這些宗教流派和職業的概括，表示社會地位的不同，後來引申為尊卑不同，龍蛇混雜，含有貶義。

捉到鹿唔識

zuk1　　dou3　　luk6　　m4　　sik1

脫角

tyut3　　gok3

—— 有好的機遇都不懂得利用。

> 個靚女對住陳仔笑，
> 陳仔都唔識走埋去打招呼，
> 真係捉到鹿都唔識脫角。

同樣是長在鹿頭上，鹿茸指梅花鹿或馬鹿的雄鹿未長成硬骨而帶茸毛的幼角；鹿角是已骨化的角或鋸茸後翌年春季脫落的角基。兩者的藥效也有不同之處，前者性溫，保健強身；後者可以溫腎陽，強筋骨，行血消腫。

因為鹿茸和鹿角有很好的藥用價值，所以每當人捉到鹿時，會將角割下，製成藥材。而且鹿角能夠再生，每年長一次。因此，為了得到鹿角，不會將鹿殺死，而是將其飼養。所以，捉到鹿都不懂去脫鹿角，即是指白白錯失機遇。

吹雞

ceoi1　　　gai1

── 召集。

" 今晚打邊爐，由陳仔負責 **"**
　　吹雞，人多至夠熱鬧。

吹雞的「雞」指哨子。哨子俗稱銀雞，因為哨子以銅製，外表鍍上鋅，好像銀色，加上吹響時哨聲有如雞啼般響亮，所以稱為銀雞。而「吹雞」據指來自懲教署，因為懲教人員在院所裏是利用吹哨子來召集囚犯，便俗稱為「吹雞」。另外黑社會組織亦用「吹雞」表示召集人手，有壯大聲勢的意思。後來也逐漸普及至大眾的日常朋友聚會的邀約。

標青

biu1　　ceng1

—— 出類拔萃，引人注目。

❝ 老陳仔個仔今年考試，
幾科考到五 **，好標青。 ❞

「標」字本意有樹木末端之意，可解為末端最翠綠部分，表示出類拔萃。另有指標青應作「縹青」，曾見於後漢蔡邕《翠鳥》詩：「庭陬有若榴，綠葉含丹榮。翠鳥時來集，振翼修容形。回顧生碧色，動搖揚縹青。」翠鳥即青鳥，古代多取其羽毛作旌旗、車蓋服飾的裝飾物。縹青，即顯現翠鳥美麗的青羽，十分搶眼。另外有說應作「穮」，音標，解稻苗秀出者，同樣指出眾過人。

巡城馬

ceon4　sing4　maa5

── 水客、信差。

> 66 陳仔後日返鄉下，一於搵 99
> 佢做巡城馬，帶份禮物畀老人家。

巡城馬並非馬，本義為昔日在城牆上巡邏的騎兵，後用來比喻滿城跑的人，漸漸發展為一種職業的代稱，其作用相當於現在的郵差。十九世紀後，不少華僑在外國生活。早期還沒有銀行或郵局，他們會委託一些往來兩地的人，向家鄉的親人報個平安，並將金錢財物託他們帶回鄉下。這些水客也被稱做「巡城馬」。不過他們沒有公司，多是相熟、講信用的人。

香港開埠後，開始有郵政服務，但清政府仍未設有郵局。省、港、澳三地一衣帶水，工商訊息非常重要，於是巡城馬這個行業非常興旺，送信、送錢、送人都有。這些巡城馬所得的報酬，就由寄信人或收信人給予。由於收費不多，巡城馬亦往往順道帶些水貨往來各地，兼為水客。此種行業直至解放後才被淘汰。

一時唔偷雞

jat1　　si4　　m4　　tau1　　gai1

就做保長

zau6　　zou6　　bou2　　zoeng2

—— 其身不正，一日無錯便管教人。

> 陳仔經常遲到，今日難得準時，就話另一個人遲到，真係一時唔偷雞就做保長。

「保長」源自保甲制度。保甲制度自宋代開始，是帶有軍事管理的戶籍制度，準則以一戶家庭為單位，十戶為「甲」，每戶之間都會互保；十甲為「保」，每保設保長，作為整個保的管理人，必須公正持平，為人正直。

至於偷雞，意思是指一些偷偷摸摸的壞事。因此，一時唔偷雞做保長，就是指某些人平時表現甚差，但只要自己間中不犯錯，就對別人指指點點。

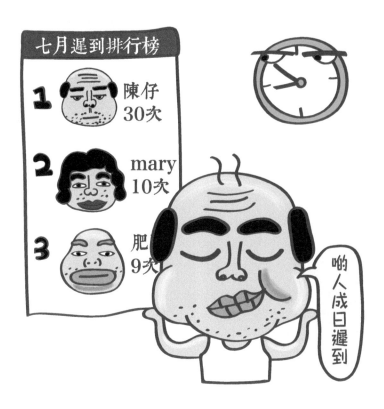

冤豬頭都有盟鼻菩薩

jyun1 zyu1 tau4 dou1

jau5 mang4 bei6 pou4 saat3

—— 物以類聚。

"大家都話呢件衫好老土，但係陳仔就話好時興，成日都着住，真係冤豬頭都有盟鼻菩薩。"

冤正寫應是「蔫」，粵音讀「煙」，有物不新鮮的意思，廣府人形容腐爛變味為「臭到蔫」。而「盟」應為「㒼」，讀「蠻」，《説文解字》解「平也」，而《廣韻》指「無穿孔狀」。

到廟宇求神，以三牲奉祀，特別是以豬頭拜祭。菩薩是以泥塑或木雕的偶像，沒有鼻孔，稱為「㒼鼻」，如果豬頭發臭，

當然聞不到「薫豬頭」的臭味，於是就有了「冤豬頭都有盟
鼻菩薩」這句俗語，解讀成為物以類聚，臭味相投，有絕配
的意思。而流傳至今亦有「盲鼻菩薩」的叫法，同樣意指嗅
不到臭味，並喻再不濟的人也會有好運氣。

釣泥鯭

diu3　　nai4　　maang1

—— 共乘一車。

> 又打十號風球，冇巴士搭，
> 希望有的士釣泥鯭。

釣泥鯭有不同的方法。常見的有使用泥鯭籠捕捉，在鐵絲網籠裏擺放餌食。以吸引泥鯭覓食，或者用八爪鉤來釣泥鯭魚，因為泥鯭的習性是成群覓食，因此可能會一次過釣到好幾條，成為釣泥鯭其中一個特色。「泥鯭的」即是指「接載很多乘客之的士」，通常是在深夜過了尾班車時間，停在某些特定上落車站，的士司機等到五位相同或相近目的地的乘客便會一併開車，司機就能夠以一次車程收到五位車費。因此這類的士就俗稱「泥鯭的」。但這種行為屬犯法。

換馬

wun6　　maa5

—— 換人。

> 陳仔做咗幾個月暫代主任，
> 因為表現不理想，公司換馬，
> 陳仔就打回原形。

「換馬」是出於賽馬的術語，顧名思義即是替換馬匹。在落實
比賽前，一般而言，較資深或有名氣的騎師可以選擇馬匹，
如果試過騎同一匹馬都連連落敗，就會換過另一匹，以確保
能夠勝出賽事。後來就以換馬來表示換人，通常用於職場
上，員工因為沒才幹或表現差而被調職的情況。

造馬

zou6　　maa5

── 做假，不公平、操縱結果。

呢個男仔咁奀瘦，竟然被選做大隻先生，擺明係造馬喇！

「造馬」，形容某些不公正的事，卻視為理所當然。此句在賽馬圈內最為流行，即是預先操縱賽馬結果。賽馬應該是在公平之下競賽，但有人預早內定某一匹冷馬跑出，並做了手腳，令另一匹大熱門馬匹倒灶，因而贏大錢，就叫造馬。後來用「造馬」來形容有人預先操縱事態發展結果。同樣是操控結果的說法，亦有「打假波」一詞，來自球類比賽。

塘邊鶴

tong4　　bin1　　hok6

—— 旁觀者，等機會。

❝ 陳仔過大海入賭場，本錢少，**❞**
　　唯有做塘邊鶴，睇準至買。

鶴有細長的頸和腿，覓食時會站立在水塘或湖邊，等待魚類游近身邊，便能馬上啄食。因此說「塘邊鶴」就有靜待時機的意思。例如賭場上，有些賭客會站在賭枱旁邊觀戰，分析形勢，看準機會才落注，就可以用「塘邊鶴」來形容。

此外也會將事件的旁觀者形容為塘邊鶴。

半夜雞啼

bun3 　　 je6 　　 gai1 　　 tai4

—— 唔知醜。

> **❝** 幾十歲人，重穿紅着綠， **❞**
> 成個老飛咁，真係半夜雞啼，唔知醜。

中國傳統謂雞有「五德」：文、武、勇、義、信，因而被稱為德禽。其中「信」是說公雞每到天亮就鳴叫，不會延誤。舊日記時是以地支來劃分，如晚上十一時至午夜一時，為子時，一時至三時為丑時，三時至五時為寅時，五時至七時為卯時。公雞一般會在快天亮時才會啼叫，但如果在半夜聽到雞啼，即是說這雞不知那正值「丑」時，所以借其同音字，指人不知「醜」。

執笠

zap1　　　lap1

── 結束營業。

> 租金咁貴，幫襯嘅人咁少，咁樣落去，想唔執笠都幾難。

一般在公司結束營業的時候，都會說是「執笠」，或是簡稱「執咗」。其實「執笠」有言應為「偈偺」，廣韻指「偈偺」是「不任事也」，即不再辦事，而後來俗讀「執笠」。

事頭

si6　　tau4

── 老闆。

❝ 陳仔間鋪雖然細細間
賣吓花生，但假假哋都係事頭。 ❞

清代屈大均《廣東新語‧文語》説：「搖櫓者曰『事頭』」應指船務工人的領頭，即現在所謂的工頭，是「事力之首」。

但《廣東新語》另外亦有記載：「謂田主曰『使頭』。其後反以佃戶之首為使頭。」當時廣東香山方言把田主稱作「使頭」，因為「使」字表示能夠使役別人做事，因此事頭的正寫應該是「使頭」。而店主亦有男女之分，女性店主或店主的老婆叫作「事頭婆」。説到「事頭婆」，相信許多香港人都知道，當年英國管治香港時，市民都會將英女皇戲稱為事頭婆。

行得快，
haang4　　dak1　　faai3

好世界；
hou2　　sai3　　gaai3

行得摩，
haang4　　dak1　　mo1

冇鼻哥
mou5　　bei6　　go1

—— 如不迅速行動，就會錯失機會。

行得快，好世界

行得摩，冇鼻哥

❝ 前面有禮物派，派完就冇，行得快，好世界呀！」 ❞

此句俗語出自澳門。原句應為「行得快，有頂戴。」

鴉片戰爭之後，香港被割讓給英國，租居澳門多年的葡人趁勢強行殖民統治，當時的澳門總督亞馬喇擴大澳門城區的範圍，許多華人村落及祖墳因此被毀，包括望廈村在內，引致有村民刺殺亞馬喇。當時清朝政府派駐澳門的佐堂衙署縣丞汪政，擔心同樣遭到報復，立即乘坐四人大轎，逃離澳門。汪政坐轎逃跑時催促轎夫趕路，大叫「行得快，有頂戴！」

頂戴是清朝時官員的禮帽，帽子最高處有代表官階的頂珠，不同的頂珠質料和顏色代表不同品級。而「行得快，有頂戴」，意思是如轎夫能幫助汪政及時逃脫，就會賜給轎夫一個官職。民國後，沒有頂戴制度，後來變為「行得快，好世界」，用來形容面對困難處境時要趁早抽身離場，更出現下句「行得摩，無鼻哥」，來對應做事遲緩、慢吞吞，不會有好結果。

食夾棍

sik6　　　gaap3　　　gwan3

—— 瞞上欺下，從中取利。

> **"** 老闆話開工利是每人一百元，**"**
> 由陳仔負責派，但打開一睇
> 只得五十，係咪陳仔食夾棍？

「夾棍」是清朝的一種刑具，用法是以兩條木棍夾着犯人雙腿，施加壓力，令犯人雙腿被夾至紅腫疼痛。「食夾棍」一詞則源於牌九，「食」這個動詞有接受、承受的意思，食夾棍就表示兩面都受着。當莊閒兩家點數相同時，一律由莊家勝，出現莊家大小通吃的局面。在日常生活上，如果有中間人在買家與賣家不知情的情況下從中取利，就叫「食夾棍」。

唔要斧頭

m4　　　jiu3　　　fu2　　　tau2

都唔得柄甩

dou1　　　m4　　　dak1　　　beng3　　　lat1

—— 牽連甚多，不能解決。

❝ 陳仔買咗層樓，發覺個單位 **❞**
天花漏水，搞咗好耐都未解決。
今次真係唔要斧頭都唔得柄甩！

斧頭，由一根木棍把手和梯形刀片組成，兩者鑲得十分緊，不易分開，用來砍伐樹木，或做木工工具。當砍樹時，若斧頭砍樹時卡在樹身，不能取出，此時就算不要斧頭，也不能將斧頭的木柄脫落。形容問題多多，只能解決一個，其餘則無能為力。

冇尾飛堶

mou5　　mei5　　fei1　　to4

— 有去冇回。

> ❝ 一夠鐘放工，陳仔就一支箭
> 咁飆出去，十足冇尾飛堶。❞

「堶」，音佗，磚也。「飛堶」，就是飛磚。宋代梅堯臣《依韻和禁煙近事之什》：「窈窕踏歌相把袂，輕浮賭勝各飛堶。」記述在宋朝寒食節中，年青人以飛磚遊戲去爭勝。飛堶就是以重物繫在一條長繩的一端，再揮動長繩打轉，投向目標。而昔日街頭賣藝的人也會用飛堶打圈轉動，使圍觀的觀眾慢慢退後，騰出一個合適的空間來表演。

飛堶有長繩操縱，能放能收，而所謂「冇尾飛堶」即是沒有綁長繩，因此磚頭一飛出去就不能收回，多數用作指人行蹤無定。

上咗賊船

soeng5　　zo2　　caak6　　syun4

—— 被人欺騙。

> 有人成日遊說陳仔夾份投資
> 買期金，陳仔今次好醒目，
> 唔肯夾錢，冇上到賊船。

上世紀六十年代，香港有多艘海鮮舫，其中一艘名為「澳門皇宮」的船開設了娛樂場，改裝為賭船。當時來往港澳只有大型客輪，碼頭設於澳門內港。「澳門皇宮」亦停泊於內港，毗鄰內港碼頭。港人前往澳門，往往趁港澳輪未開時，走上賭船碰運氣，但十賭九輸，於是賭船就被人戲稱為「賊船」。如今「上咗賊船」被解作為受人蒙騙而做錯事。

梳打埠

so1　daa2　fau6

—— 澳門。

> 澳門有名你叫梳打埠，陳仔
> 走去博一鋪，梗係輸乾輸淨至返嚟。

梳打，一種鹼性物質，能夠中和生活中常見的酸性油污，令油污易溶於水中，方便清潔。而香港人喜歡到澳門賭場賭博，加上昔日來往澳門都是在內港碼頭上落，俗稱「賊船」的澳門皇宮賭船亦在內港，不少人一上岸就立即登上賭船下注，或者在回港前趁未開船便賭兩手，但往往都是以輸錢告終。於是借梳打具有清潔作用，將物件洗得乾淨的意思，比喻到澳門賭錢隨時會輸到乾乾淨淨，戲稱澳門是「梳打埠」。

講開澳門，還有一句不甚尊重的俗語，將土生葡人稱為「鹹蝦燦」。

以前澳門近海，盛產鹹蝦膏，而土生葡人喜歡以蝦膏佐食，例如將蝦膏塗在班戟上進食。班戟與薄撐相似，因此嘲笑他們為「鹹蝦撐」，後來又轉音為「鹹蝦燦」。此詞含貶義，對土生葡人不敬。

仙都唔仙吓

sin1　　　dou1　　　m4　　　sin1　　　haa5

—— 一分錢都冇。

> ❝ 一到糧尾，陳仔就
> 使乾使淨，仙都唔仙吓。 ❞

仙，英文為 Cent，是錢幣單位。香港開埠後，一元分為十角，一角分為十分，分的英文為 Cent，譯音為「仙」，是貨幣的最小單位。仙都唔仙吓，就是身無財物，一分錢都冇。

1941 年香港政府發行雙面印刷的一仙紙幣，代替輔幣。戰後，香港仍發行一仙紙幣，但改為單面印刷。直至 1995 年才宣佈一仙紙幣不再是法定貨幣。

斗零

dau2　　ling5

—— 五分錢。

我後生嗰陣斗零一碗白粥，
而家搵個斗零睇吓都好難。

廣府人稱五仙為斗零，出自清末民初年的流通的錢幣銀元。清末時，從西方流入白銀，鑄造成銀圓硬幣。當時一元銀圓重七錢二，即民間以七錢二白銀兌換一個銀圓。一毫則是其十分一，即重七分二厘，因此五仙就是三分六厘。

五仙稱為斗零，是與當時廣州的商業隱語有關。廣州是個貿易繁榮的都市，行業間的競爭十分激烈，所以在議價時所用的收支銀碼數目以隱語代替，如由一至十，就分別說成：支、辰、斗、蘇、馬、零、侯、莊、灣、響。這樣，三、六兩個數字就變成「斗」、「零」，五仙是三分六，因此稱為「斗零」。其他行業也有自己一套隱語，例如果欄和菜市是：丁、天、春、羅、語、立、化、公、曲、古。

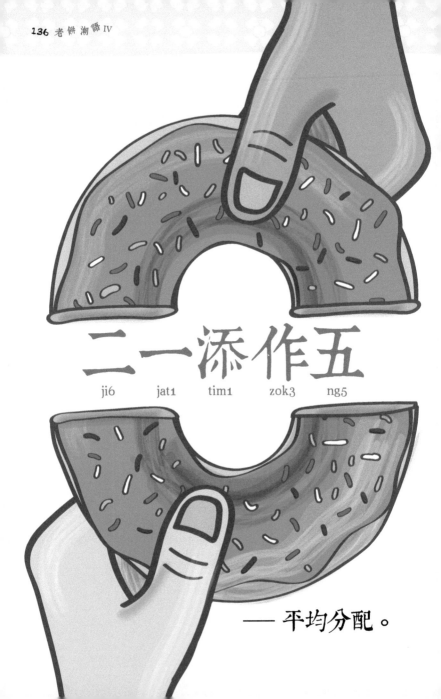

二一添作五

ji6　　jat1　　tim1　　zok3　　ng5

—— 平均分配。

　　今日同陳仔夾份開檔，
賺咗千幾銀，一於二一添作五，
　　一人分一半。

二一添作五本為珠算除法的一句口訣，當計算一除二時等於零點五，要把算盤代表小數位的珠添至五個，表示小數位是五。此處借指雙方平分，各得一半，或引伸為平均承擔責任和任務。

孤寒

gu1　　　hon4

—— 省儉、計較、吝嗇。

> 66
>
> 陳仔好孤寒，
> 同女朋友食飯都係去茶餐廳。
>
> 99

「孤寒」，原意為宗族衰微，門第低下之謂。自西漢末期後，封建地主階級分化出豪族地主和庶族地主兩個階層，後者不能直接掌管各級政治權力。如受到豪族地主勢力的欺壓兼併，便會影響生計，家道衰落。出身於這個階層的士大夫，往往自稱或被稱為「出身孤寒」，例如東晉的陶侃，曾上表稱：「臣少長孤寒，始願有限。」到了唐代，一些出身貧寒的讀書人受到太尉器重，後來太尉遭到貶謫，他們就賦詩「八百孤寒齊下淚，一時南望李崖州」表示哀傷。「孤寒」一詞就成為經濟條件較差，或省儉、吝嗇的代名詞。

的確涼

dik1　　kok3　　loeng4

—— 無須漿熨，洗完就着。

❝ 天時暑熱，着返件的確涼，**❞**
　　　真係好爽。

「的確涼」是英文「Dacron」的音譯，為一種合成纖維衣料，因為布料彈性好，快乾，洗後不會皺，可以免漿熨。在上世紀六十年代的社會中，先敬羅衣後敬人，身光頸靚至見得人。一般棉質衣物易皺難乾，的確涼容易打理，因此深受歡迎。

夏老威

haa6　　lou5　　wai1

── 輕便恤衫。

> 天氣咁熱，着件夏老威，
> 輕鬆又好睇，人都後生咗。

夏老威，即是「Aloha shirt」。Aloha 是夏威夷本土語，解作「好意」、「善良」與「愛情」，是當地人用來表示友好的問候語。夏老威恤衫以輕便布料裁製，圖案顏色鮮艷，本來是夏威夷原居民出席婚禮及慶典時的服飾，後來逐漸成為日常便服。上世紀六十年代初，有部由貓王皮禮士利主演的電影在本港上映，名為《藍色夏威夷》，以夏威夷為背景，貓王在片中也經常穿着夏老威。當時夏老威在香港大受歡迎。時至今日，則泛指所有夏威夷花恤衫。

三斤揹兩斤，

saam1　　gan1　　me1　　loeng5　　gan1，

跌倒唔會

dit3　　dou2　　m4　　wui2

起身

hei2　　san1

　　—— 力有不逮，辛苦，勉強。

" 又要供車，又要供樓， **"**
銀行又加息，呢回真係三斤 ，
跌倒唔會起身。

廣府人用 帶將小孩背在背後，稱為「 仔」。 帶是用一塊四方形的布，在四角上各加上一條布帶而成。 帶上通常都會有「出入平安」、「長命富貴」等吉祥語。將小孩 在背後，就可騰出雙手做其他事情。

過去窮苦人家兒女多，母親照顧不來，大的小孩自幼就要幫手照顧弟妹。但年齡相差不多，將弟妹 起，被形容為「三斤 兩斤」，十分勉強辛苦。

卡啦蘇

kaa4　　laa1　　sou1

—— 普通人。

> "
> 唔好信陳仔咁多，
> 佢只係卡啦蘇一個。
> "

「卡啦蘇」的來源真是考起人。《莊子・人間世》，有「支離疏者，頤隱於臍，肩高於頂，會撮指天，五管在上，兩髀為脅。挫鍼治繲，足以餬口；鼓筴播精，足以食十人。上徵武士，則支離攘臂而游於其間；上有大役，則支離以有常疾不受功；上與病者粟，則受三鐘與十束薪」。從字義上來看，「支離」隱含形體不全的意思，「疏」隱含泯滅其智的意思。但轉到廣府話中，卻說成「卡啦蘇」。

但英文中的「Clerical」，亦讀作「卡啦蘇」，解作一般文職人員。並無甚特別職能，普通人而已。「卡啦蘇」一詞可能由此而來。

誓願當食

sai6　　jyun6　　dong3　　sik6

生菜

saang1　　coi3

—— 貪口爽，胡亂承諾。

 陳仔份人成日講完唔算數，
誓願當食生菜，貪口爽。

「誓願」指立誓發願，以示決心。「生菜」質地脆嫩，可生食，「食生菜」便有容易隨便的意思。而且「生菜」食落口時很爽脆，口感被形容為「口爽」。誓願當食生菜，就是將發誓看成隨便事，隨便開出承諾，但到最後不會兌現承諾的。

與之相對，則是「牙齒當金使」。「牙齒」指「口齒」，表示口頭承諾；「當金使」指其諾言有如黃金般重要。

愛你一生一世

捱騾仔

ngaai4　　lo4　　zai2

── 工作辛苦。

❝ 呢份工人工少，工時長，
但要養妻活兒，焗住捱騾仔。 **❞**

騾看來像馬，是由公馬和母驢雜交所生的，體質結實強壯，
生命力和抗病力也很強，本身沒有生殖能力，主要用作使役
幹活，負重行遠。食量雖然比馬小，但能耐卻比馬高。因此
廣府人將辛苦工作稱為捱騾仔，即是以騾為比喻，工作辛
苦，人工少，冇前途。

文若雅：《廣州方言古語選釋》，澳門：澳門日報，1991。

丘學強：《妙語方言》，香港：中華書局，1989。

石人：《廣東話趣談》，香港：博益，1983。

石人：《廣東話再談》，香港：博益，1984。

吳昊、張建浩編訂：《香港老花鏡之民情話舊》，香港：皇冠，
　　　　　1996。

吳昊：《俗文化語言一》，香港：次文化堂，1994。

吳昊：《俗文化語言二》，香港：次文化堂，1994。

吳昊：《懷舊香港話》，香港：創藝文化企業有限公司，1990。

宋郁文：《俗語拾趣》，香港：博益，1985。

阿丁：《趣怪香港話》，香港：香港周刊，1989。

莊澤義：《省港民間俗語》，香港：海峰，1995。

陳渭泉：《拙中求趣》，澳門：凌智廣告公司，2001。

彭志銘：《次文化語言》，香港：次文化堂，1994。

惠伊深：《字海拾趣》，香港：中華書局，1999。

劉天賜：《提防考起》，香港：天地，1995。

魯金：《香江舊語》，香港：次文化堂，1999。

饒原金：《粵港口頭禪趣談》，香港：洪波出版公司，2007。

《老餅潮語》
I至IV 總索引表

原書編號	詞目	集數	原書頁碼
二畫			
-	丁文食件	III	136
009	七個一皮	I	17
083	七國咁亂	II	120
-	九出十三歸	III	140
-	二一添作五	IV	136
096	二五仔	I	128
023	二打六	II	36
042	二叔公賣草紙	II	63
001	人心不足蛇吞象	II	08
-	八卦	IV	100
-	八婆	IV	92
三畫			
050	三下五落二	II	75
093	三口六面	II	131
097	三山五嶽	I	130
-	三元宮土地	IV	84
055	三分顏色上大紅	II	82
029	三及第	II	45

原書編號	詞目	集數	原書頁碼
-	三斤狻兩斤，跌倒唔會起身	IV	142
-	三扒兩撥	III	148
-	三姑六婆	IV	94
003	三唔識七	I	10
-	三隻手	III	98
-	三教九流	IV	101
-	三煞位	IV	85
-	三魂唔見七魄	IV	86
110	上好沉香當爛柴	I	146
-	上咗賊船	IV	130
025	下欄嘢	II	40
-	也文也武	IV	78
100	大天二	II	142
033	大安旨意	I	51
100	大耳窿	I	133
046	大妗姐	II	68
090	大泡和	II	127
019	大花面抹眼淚	II	32
-	大花筒	III	122

原書編號	詞目	集數	原書頁碼
-	大喊十	III	90
083	大頭蝦	I	113
016	大鑊	I	26
-	山卡啦	IV	31
102	山埃貼士	II	146
四畫			
091	五十斤柴	I	121
-	六神無主	IV	90
056	六國大封相	I	77
-	冇尾飛堶	IV	128
-	冇得頂	IV	16
092	冇雷公咁遠	II	130
075	冇鞋挽屐走	II	110
-	冇檳榔嘥唔出汁	III	36
080	升上神枱	I	109
-	反骨	III	102
028	少塊膶	II	44
091	巴閉	II	128
068	市橋蠟燭	I	94

原書編號	詞目	集數	原書頁碼
066	半夜雞啼	IV	118
086	卡啦蘇	IV	145
052	四四六六	II	78
-	失魂魚	III	16
-	打甩髀	III	26
065	打尖	II	96
114	打臣	II	165
-	打劫紅毛鬼，進貢法蘭西	IV	28
041	打斧頭	I	59
038	打書釘	II	58
005	打殼	I	12
106	打齋鶴	I	141
071	打爛沙盆問到篤	I	97
084	打齉通	II	121
-	未見官先打三十大板	III	115
094	正斗	I	125
037	正釘	II	57
-	生仔姑娘醉酒佬	IV	20
064	生保	II	95
003	田雞東	II	12

原書編號	詞目	集數	原書頁碼
017	吞泡	I	28
-	吹雞	IV	104
001	坐定粒六	I	08
074	坐花廳	II	108
-	巡城馬	IV	107
086	扭紋	II	123
067	扭盡六壬	II	99
014	扮蟹	II	26
-	扯貓尾	III	32
-	把炮	III	124
079	杉木靈牌	I	108
-	沙甸魚	III	06
082	沙塵白霍	II	119
110	沙漠梟雄	II	160
024	見周公	I	38
076	豆泥	II	112
-	豆腐膶咁大	IV	66
004	走雞	I	11
069	車大炮	II	101

原書編號	詞目	集數	原書頁碼
八畫			
-	事頭	IV	120
099	使銅銀夾大聲	I	132
002	依撈七	I	09
070	刮龍	II	102
059	受人二分四	I	81
115	受人茶禮	I	153
015	呢鑊杰	I	25
-	咁近城隍廟都唔求支好籤	IV	88
-	妹仔大過主人婆	IV	22
-	孤寒	IV	138
062	定過抬油	I	85
-	屈尾十	III	139
059	屈質	II	88
042	忽必烈	I	60
065	拉布	I	89
116	拉埋天窗	I	154
106	拉柴	II	153
-	拋生藕	III	44

原書編號	詞目	集數	原書頁碼
066	拍拖	I	91
-	放水	IV	17
048	放飛機	II	72
-	油炸蟹	III	02
060	炒魷魚	I	82
074	狗上瓦坑	I	101
077	的骰	II	114
-	的確涼	IV	139
111	花臣	II	162
027	金叵羅	I	43
031	阿茂整餅	I	48
九畫			
088	剃眼眉	II	125
021	咬烏	I	33
094	咸豐年	II	132
-	姜太公釣魚	IV	18
077	屎坑三姑	I	104
-	度橋	III	158
095	架步	I	127

原書編號	詞目	集數	原書頁碼
057	洗太平地	I	79
101	流電	II	144
124	炮仗頸	I	164
-	炮製	III	50
-	省鏡	III	130
093	砌生豬肉	I	124
012	紅牌	I	20
030	缸瓦全打老虎	I	47
016	耍花槍	II	28
-	苦過金葉菊，慘過梁天來	III	80
-	郁不得其正	IV	48
050	郇	I	71
-	面左左	III	94
-	飛象過河	IV	50
103	食七咁食	II	148
018	食大圍	II	31
-	食夾棍	IV	124
-	食屎食着豆	IV	7
048	食晏	I	69

原書編號	詞目	集數	原書頁碼
022	啱橋	II	35
056	執條襪帶累身家	II	83
-	執笠	IV	119
-	夠薑	III	46
047	張士貴打摩天嶺	II	70
063	得個吉	I	87
032	得敕	I	50
-	捱騾仔	IV	148
-	捽炸	III	105
-	掹衫尾	IV	74
054	斬腳趾避沙蟲	II	80
-	殺攤	III	160
044	混吉	I	63
-	混帳	III	128
020	猜澄尋	I	32
089	祭旗	II	126
045	紮炮	I	64
035	細蓉	II	54
-	荷溪龍船	III	144

原書編號	詞目	集數	原書頁碼
024	荷蘭水蓋	II	37
116	蛇果	II	167
-	造馬	IV	115
-	釣泥鯭	IV	112
-	釣魚	III	18
109	陰騭	I	145
084	陳白沙駛牛	I	114
040	陳村種	II	61
-	陳村碼頭	III	152
029	陸榮廷睇相	I	46
-	頂手	III	96
053	頂櫳	I	74
十二畫			
-	割禾青	III	42
-	單料銅煲	III	116
044	圍內	II	66
-	揀蟀	III	20
-	換馬	IV	114
-	換畫	IV	70

原書編號	詞目	集數	原書頁碼
118	揪秤	I	157
008	揭盅	I	16
081	景轟	II	118
052	棚尾拉箱	I	73
063	棹忌	II	94
098	渣	II	139
-	無厘頭	III	166
-	無間道	III	68
033	無雞斬四兩	II	51
-	發恂憎	III	104
-	發姣	IV	34
123	發茅	I	163
-	睇扒	III	150
010	睇差一皮	I	18
078	菠蘿雞	I	105
-	華宗	III	66
035	詐帝	I	53
025	貼錯門神	I	39
-	開火爨	III	55

原書編號	詞目	集數	原書頁碼
043	新澤西	I	61
113	煙子	II	164
067	照田雞	I	92
080	牒腳	II	117
-	盞	IV	45
-	碎銀	III	138
064	落手打三更	I	88
-	落雨收柴	IV	14
114	落膈	I	151
097	落疊	II	137
113	葳蕤	I	150
-	裝彈弓	III	34
-	解畫	IV	72
062	跐親條尾	II	92
-	較飛	III	126
096	過咗一戙	II	135
-	過咗海就係神仙	III	74
055	電燈杉掛老鼠箱	I	76
-	飽死荷蘭豆	IV	8

原書編號	詞目	集數	原書頁碼
011	劏死牛	II	23
-	墟冚	III	159
-	墨七	III	70
112	摩登	II	163
-	撚手	III	95
017	撞板	II	30
-	數龍	III	142
072	標尾會	II	105
085	標松柴	II	122
-	標青	IV	106
-	窮過蒙正	III	79
-	膝頭哥唔食辣椒醬	III	100
-	蓮子蓉面口	IV	38
-	論盡	IV	46
-	豬頭骨	IV	62
034	賣大包	II	52
026	賣剩蔗	II	42
125	踢腳	I	166
-	醉貓	III	12

作者著作書目

書名	出版社	出版日期
《坐言集之錦田鄧族》	超媒體有限公司	2008 年 3 月
《古蹟無障礙旅遊指南 2008》（合著）	非賣品	2008 年 2 月
《坐言集之屏山鄧族》	超媒體有限公司	2008 年 9 月
《吉祥裝飾——香港中式建築與民間信仰》（合著）	非賣品	2010 年 1 月
《無障礙古蹟旅遊指南》（合著）	非賣品	2011 年 4 月
《蓮麻坑人‧物‧情》（合著）	非賣品	2011 年 9 月
《葉定仕：新界原居民中的辛亥革命元老》（合著）	非賣品	2012 年 1 月
《圖釋香港中式建築》	中華書局	2012 年 8 月
《東縱‧邊縱香港老戰士：抗日戰場回憶》（合著）	非賣品	2013 年 1 月
《衙前圍——消失中的市區最後圍村》	中華書局	2013 年 4 月
《簡明古建築圖解》	北京大學出版社	2013 年 9 月
《講開有段古：老餅潮語》	中華書局	2014 年 3 月
《講開有段古：老餅潮語 II》	中華書局	2015 年 2 月
《蓮麻坑村志》（合著）	中華書局	2015 年 7 月
《蒲台島風物志》（合著）	中華書局	2016 年 3 月
《講開有段古：老餅潮語 III》	中華書局	2016 年 7 月
《講開有段古：老餅潮語 IV》	中華書局	2018 年 7 月

《講開有段古：老餅潮語 IV》

策劃	萬興之友
編著	蘇萬興
責任編輯	黃靜美智子、黃懷訢
裝幀設計	霍明志
排版	周敏
插畫	羅里杜比
印務	劉漢舉

出版　中華書局（香港）有限公司
　　　香港北角英皇道 499 號北角工業大廈 1 樓 B
　　　電話：（852）2137 2338　傳真：（852）2713 8202
　　　電子郵件：info@chunghwabook.com.hk
　　　網址：www.chunghwabook.com.hk

發行　香港聯合書刊物流有限公司
　　　香港新界荃灣德士古道 220-248 號
　　　荃灣工業中心 16 樓
　　　電話：（852）2150 2100　傳真：（852）2407 3062
　　　電子郵件：info@suplogistics.com.hk

版次　2018 年 7 月初版
　　　2024 年 6 月第 3 次印刷
　　　© 2018 2024 中華書局（香港）有限公司

規格　正 32 開（185mm x 130mm）

國際書號　978-988-8512-97-3